DISCOVRS
SVR LA MORT
DE GASPART DE COLIGNY QVI FVT AD-MIRAL DE FRANCE ET DE SES complices le iour sainct Berthelemy vingt quatriesme iour d'Aoust.

A TRES-HAVT ET TRESVERTVEVX seigneur Messire René de Vayer Cheualier de l'ordre du Roy, Bailly de Touraine, Viconte de Paulmy, & de la Roche Ianes, Seigneur d'Argenson, la Bailloliere le Plessis, & Chastres.

PAR I. S. A.

A PARIS.

Par Mathurin Martin,

1572.

AVEC PRIVILEGE.

ODE SVR LA PRESEN
TATION DV PRESENT DIS

COVRS A TRES-HAVT ET TRES-
vertueux seigneur meßire René de Vayer Cheualier de l'ordre du Roy, Bailly de Touraine,
Viconte de Paulmy, & de la Roche-Ia-
nes, seigneur d'Argenson, la Bailke-
liere, le Pleßis, & Chastres.

A Ta supresme grandeur
(Seigneur imbu de science)
Ie consacre ce labeur
Que la Muse hors moy elance,
Bien debile est sa puissance
Pour ne se pouuoir leuer,
Et si ta magnificence
Ne le daigne caresser,
Il est en vn grand danger
Se veoir bien tost submerger.

Ce ne sont les presens beaux
Qu'Asie & Afrique porte,
Ne sont les riches ioyaux
Que la creuse mer emporte,
Par sa violence forte
En son ventre le cachant,
Faisant que la nef auorte
Deux, & du chetif marcheaut,
Ce don ne peut m'estonner
Pour ne le pouuoir donner.

Aij

C'est bien vn petit discour
De la ruine mortelle,
Du Dongeon, des grosses tours
Du chasteau où nul rebelle,
La chrestienne loy fidelle,
Ses membres à estendré
Par vne mort (non cruelle)
Pource qu'auoit merité,
Le reste à son sainct plaisir
Dieu punira à loysir.

Dieux, que ne suis ie naif,
Comme vn Ronsard, ou d'Ambaise
Vn Belleau, ou vn Baif,
Ou la perle Commingeoise,
Comme vn Rossignol degoise
Sur le bort d'vne eaue és boys,
En chascun lieu ou tu voise,
Ie ferois sonner ma voix,
Et d'vn son si esclatant
Que ie te renderay contant.

Mais si le veu du destin
Ne se rend au mien conforme,
Pour ne succer le tetin
De la Muse, ou que ie dorme
Soubz l'ombre d'vn rameux ormé
Vne seule heure en son sein.
Afin d'aprendre la forme,
De ronsarder mon dessein,

Neantmoins pour tout cela
Ie ne demeureray là

    Reçois donq (seigneur) reçois,
D'vn œil doux, & d'vn bon zelle
Ce don, afin que tu soys,
Certioré que mon zèle,
Si elle estoit Immortelle,
Ton sacré loz chanteroit
Sur ceste luysante estoille
Quand plus hault e elle seroit
Mais pourquoy ay-ie vn soing tel
Veu qu'és desia immortel.

A la Muse.

    S'il se peut faire, ô muse ma mignonne
Mignonne non. Pour ne m'auoir sacré
Sacré ainsi que ceux là que ton gré
Ton gré leur chef & le st. laurier vrne.

    Orne mes sens, & mon dire enuironne
Enuironnant mon dessein d'eaue du pré
Pré ou tes sœurs & toy d'vn chant sucré
Sucrez l'oreille à la troupe felonne:

On ne void point poëtes te blasmer
(Blasme en toy n'est) leur veu est t'embasmer
En basme aussi est confit leur ouurage
    Ouure tes mains de ce qu'est préparé
Par toy pour eux affin qu'en soys paré
Ou pare au moins ce petit fagotage.

Messire René de Vayer, conte de Paulmi.

Anagramme

De-ja superieur Nomé d'arme & sieuce.

A TRESHAVLT ET TRES-
VERTVEVX SEIGNEVR MESSIRE RE-
né de Vayer Conte de Paulmy Cheualier
de l'ordre du Roy & Bailly de Touraine.

Apres tant de trauail, & de peine diuerse
Que vous auez gayement enduré pour le Roy
Pourchassant les hayneux de luy & de sa loy
Qui en son heritage auoyent mis controuerse

Vous auez aussi veu la tragique renuerse
Du nom seditieux & de sa faulce foy
De ses grands gouuerneurs & chefz le desaroy
Comme aussi de tous ceux tenant loy si peruerse

Il est temps maintenant de poser armes bas
Et de n'estre empesché aux haz ardeux combas
Puis que ce malfascheux est dehors de la France

En gré ce rude escrit (au regard du st, ld oux
Qui sort de vous) Prenez. Car vous est
De ja superieur Nomé d'arme & sience.

I. S. P.

DISCOVRS SVR LA MORT DE GASPART DE

COLIGNY QVI FVT ADmiral de France & de ses complices le iour St. Berthelemy vingt-quatriéme du moys d'Aoust.

A nuict de son manteau ombra-
geux nous couuroit
Enseueliz au somme, & phebe
nous ouuroit
De son taint blanchissant la clarté
coustumiere
A peine à my-chemin estant de sa carriere.
Quand les haultz Dieux du ciel armez en har-
nois blanc
L'espée dans la main la pique sur le flanc
Leur chef encourtiné d'vne coiffe bien dure
Forgée par Vulcan : ayans à la ceinture
La pistole guerriere, entre aultres le Tonnant
Qui de sa seule voix est le peuple estonnant
Tenant entre ses mains l'estincelante fouldre,
Mars couuert de sueur & de sang & de poudre

Le visaige enflambé, Minerue par apres
Sa gorgonne tepant, & Mercure est aupres
Maniant d'vne main sa fleuste tromperesse
De Pan Dieu Arcadic l'ancienne maistresse
Qui ferma les cent yeulx du cruel gardien
De la vache à Iunon, qu'il tenoit souz fort lien,
L'autre main entée a à la trenchante espée,
Qui la vache rendit du pasteur eschappée
Ayant le chef couppé, aussi y sont les Dieux
Aptes pour batailler, lesquelz quictant les cieux
Se lancerent en bas de colere enragée,
Monstrans leur face auoir de douleur outragée,
Vous eussiez tost pensé, les voyans animez
D'vne telle façon, & en la sorte armez,
Qu'ilz venoyent proprement renouueller la
    guerre
Contre les fiers geans enfantez de la terre
Lots qu'ils oseret bien, d'vn hault cœur de Lion
Poser osse dessus le hault mont Pelion,
Pour escheler le ciel, mais quãd descenduz furét
Au dedans de Paris, Et que leur siege ilz eurent
Droictemét sur le port nómé de saint Germain
Iupiter apuyans sa teste sur sa main
Les brûlant plusieurs foys, les yeux rouges plains
    d'yre
Se tournant vers les dieux commença à leur dire
Donques dieux immortelz ne sera mon vouloir
Acomply en ce iour, ce qui m'a fait douloir
Par infinitez d'ans, & par longues années,
Verrayie exterminer en deux ou troys iournées
                    Ce peu ple

Ce peuple si meschant lequel contempne ainsi
Moy & vous aultres dieux, & noz temples aussi
N'a il assez tué, n'est point encor passée
La hayne encontre nous de long temps amassée,
Noz temples ne sont ilz destruictz encore assez,
Tous noz prestres tuez, sacrifices laissez,
Les sacrées nonnains és temples violées,
E stce l'œuure qui rend leurs vertuz extolées
Iusques deuant noz yeux, & quoy cest amiral
Ce gaspart coligny, N'a il assez de mal
En la france apporté, depuis que la ieunesse
S'est escoulé de luy d'vne glissante adresse,
Iusques à maintenant ou son chef farineux,
Et só corps tout courbé, vn bastó plein deneux,
Le fait presque saisir, pour donner asseurance
A son pied variant que la vieillesse elance,
Que de saccagemens, Et que de trahisons,
En sa vie il à faict. Que de riches maisons
Sont ruinez par luy, & que d'hommes les vies
Sont par son seul moyen poltronnement rauies,
Qu'il a seduict de peuple, & à sa loy reduict,
Qu'aux enfers tenebreux auec luy il conduict.
Vn la Rochefoucaux, theligny, & de pille,
Gommery, Briquemault, & encores dix mille,
Demeureront ilz point de leurs maux impuniz?
Non non, trop sont mes sens de cruaulté muniz,
Ma clemence n'ay pas en ce lieu apportée
Ie l'ay laissée au ciel, cruaulté est entrée,
En son lieu en mon sein, qui me rend furieux.
Ne soit point la pitié logée dans voz yeulx

(Immortelle bonté)Mectons les tous en Route,
Enuoyons leurs espritz en l'infernalle voulte,
Pour estre tourmentez,trop plus cruellement,
Que n'est ny celuy la qui tourne incessamment,
Ny Titie le geant Sisiphe,ny Tantalle
Qui des fruictz & de l'eaue aulcunement naualle
Combien qu'il en soyt pres.Mais attendrons
    nous point,
Que ce peuple mutin de fureur soit espoinct,
Pour faire son descin paroistre en euidence,
Nous sçaurions filz auroient l'hardiesse & puis-
    sance
D'assaillir leur bon Roy,ses freres & le ranc
Des Princes & Seigneurs qui sortêt de leur sane
Dont ilz estoy êt aymez quasi côme leurs freres
O hommes trop peruers, ô enfans de viperes,
Voudriez vous bien le Roy,ses freres massacrer?
Et tous seigneurs chrestiens,Pour cuider vous
    ancrer
Soubz l'ombre lilial,qui en france floronne,
    Vouldriez vous vsurper la laurine coronne
Ie vous cognois (felons) il vous fault preuenir
Si lon ne veult en france vn grand mal veoir
    venir
Conseillez moy(O dieux)en si pressé affaire
Pour punir ces mutins,l'ordre que ie doibs faire
Minerue tout soudain auant se presenta.
Et en telle façon sa parole dicta
Ie serois bien d'auis (O mon trespuissant pere)
Que pour plus se venger du cruel vitupere,

Dont ce peuple meschant à vsé enuers nous,
De reueller ce faict, à ce prince tant, doux
Ce prince tant Royal qui gouuerne la france,
Qui en à comme nous assez porté souffrance,
A ces aultres aussi ces tres braues guerriers,
Lesqls portent leurs chefz ombragez de lauriers
Vn deuxiesme Henry, vn second Alexandre,
Et vn autre françoys dont la ieunesse tendre
Monstroit bien ensuiuir les traitz de ses aieulx
Ayant tousiours esté des malins odieux,
Vn Daumalle, Vn Guisin, & vn PAVLMY encore
Qui le cercle bossu de ses vertuz redore,
C'est à ces seigneurs là, qu'il nous faut faire part
De nostre volonté, & pourquoy le depart
Du hault ciel azuré, Auons fait à c'este heure,
Il n'ya pas vn d'eux qui venger ne labeure
Les tortz qu'il a receu de ceste inique gent,
L'vn pere y a perdu, & l'autre or & argent
Freres filz & nepueuz, desia par longue espace
Ilz y ont essayé, Mais ta diuine face
Encores diuulgué le destin n'auoit point
Sur les filz de tes doigtz, & doncques si le point
Par eux tant desiré en effect voullions mectre,
Ce seroit faict humain & non diuin d'obmectre
A le leur reueller, pour la main y tenir,
Aussi pour ta promesse enuers eux maintenir.
Ceste opinion la fort bonne fut trouuée
Des haultes deitez, & par eux aprouuée
Tellement que conclud fut par eux à l'instant
Que le Royal troupeau dans le chasteau estant

B ji

En seroit assuré pour donner bonne yssue.
A ceste volonté, en leur cerueau conceue,
De sorte qu'esbranlez du lieu ou ilz estoyent
Se lancerent tout droit au chasteau ou restoient
Ses demis dieux veillans, ou colez sur vn liure,
Ou rouchât les lutz saints pour les rédre deliure
Du sommeil oublieux qui leur sille les yeux.
A lors se presenta la cohorte des dieux
Droictemét deuát eux, dont vne peur trâblante
Leur mine tous les os, la face palissante,
Les cheueux esleuez, & des yeux esblouyz
Les diuines clartez s'en sont soudain fuiz,
Demeurans tous transiz comme images de pierre
Ainsi qu'vn pelerin qui en grandz desertz erre
Rencontrant au chemin vn fier dragon cresté
S'effroye grandement, & demeure arresté.
Courbé sur son baston, d'vne peur fremissante
Tantost d'vn pied poisant à se souleuer tante
Pour fuir ce peril: mays de peur le pouuoir
L'a si bien engraué, qu'il ne se peut mouuoir.
Lors le tout foudroyant benin pere celeste,
Les asseura en tout auec des dieux le reste,
Leur narrant le vouloir qu'ils auoient d'amortir
Des rebelles le nom, auant que de sortir
De Paris l'indóptable, & sans qu'vn poíct oublie,
Leur declairer au long l'entreprinse hardie,
Que Gaspart Coligny d'autres acompagné,
Auoit faicte contre eux grandement dedaigné
Du coup qu'auoit receu de la sainte pistolle
Guidée de celuy qui sur ses cheuaux volle,

Le monde illuminant. Par Stix leur promettans
A l'heure les venger des maux qu'en si long téps
Ilz auoyent enduré. Ces parolles données
Par le filz de saturne, au vent abandonnées
N'ont esté, ains le Roy a l'inftant, qui en don
De luy auoit receu l'infulphuré brandon,
Qui punist les forfaictz des geans nez de terre,
Et qui punist aussi ceux qui leuent la guerre,
Contre leurs souuerains à tort & fans raison,
Auec ses princes grandz, & seigneurs à foifon
De tous les dieux guidez se ruent de furie,
Deffus ce Coligny & en font boucherie,
Sur perdillan, foubife, & la rochefoucault,
Raynel, de theligny, & encores ce cault,
De Pille & vn millier de ce peuple rebelle,
Ilz enuoyent paffer en la barque mortelle
De l'auare Charon. Le fang desquelz noyant
La grand place d'autour de fon cours ondoyant,
D'impetuofité arracha toute l'herbe
Qu'il trouua au chemin (la maniere fuperbe
De ceulx dont est yffu n'ayant point delaiffé)
Puis de la fe rengea en vn rond amaffé
Es braz du viellard Seine, eftant ce iour la mefme
En fon moicte palais, en vne ioye extrefme,
Pour la veoir affemblez, & celuy qui refpend
Son eau dedans la fienne en cours tardif & lent
Au pres de charenton, & la trouppe gaillarde
Des nimphes de fes eaux, qui fe pare & fe farde
Pour plus belle aparoir: lefquelz au dieu de mer,
Dont naiffance ilz ont prins faifoiét Autel, fumer,

L'inuoquant plusieurs foys en deuot sacrifice,
Pour le rendre pour eux & leur estre propice,
Contre ce coligny & son mutin troupeau.
Mais quád Seine aduisa sus vn moussu coupeau
Son onde cristaline, en couleur rouge, tainte,
Et se cháger soudain, son cœur de froide crainte,
Luy bat incessamment, & se leuant en hault
D'vne parolle basse, ainsi dit, Certe il fault
(O enfans d'occean) que la terre gauloise
Par le recteur du ciel, soyt mise en trouble & noi-
       se,
Pour la reception qu'elle à fait en son sein,
De son vray ennemy, & qui a en dessein,
La ruyner du tout, piller, & mettre en cendre.
Ou bié que quelque mal ayt fait Iupin, descédre
Pour methamorphoser nostre claire onde ainsi.
O diuin Iupiter voy en ce lieu icy
La troupe aux demiz dieux qui húblemét desire
Sçauoir ce changemét & pourquoy s'est ton yre
Adressée à noz flotz, dis nous la verité,
Y a il d'entre nous quelqu'vn qui irrité
Aye ta deité, fais le nous donc entendre,
Pour le chasser au loing, ou en tes mains le rédre
Iupiter à ces dictz ne luy a respondu,
En plus haulte entreprise il estoit lors rendu,
Pour faire entierement la race huguenotique
Errer au lieu obscur du portier Cerberique,
Montons (race des dieux. Seine profera lors)
Montons de ce lieu cy, & nous iectons dehors
De ceste onde ensangléc, & sachós qui est cause

Que noz ondes ainſi Iupin Methamorphoſe,
Seine tout le premier ſon chef d’herbes couuert
Sur ceſte onde monſtra, & apres eſt ouuert
La pla ce aux demis dieux, puis de là ſont entrée
En la terre ou ilz ont renommée rencontrée
Qui leur a faict ſcauoir que les dieux irritez,
Auoyent ceulx de Paris à la guerre excitez,
Mais de ſçauoir la cauſe & le motif d’icelle
(Outre ce) ne pouroyent entendre de par elle,
Pour en eſtre ignorente. Alors plus curieux,
Eſt Seine & ſon troupeau, & pour le ſçauoir
     mieux
Ont de leurs piedz aiſlez l’herbe drue foulée
Marchans legerement vers Paris l’emperlée.
Ou eſtans paruenuz, ſ’eſt offert a leurs yeulx.
De premiere rencontre vng hôme tout ſaigneux
Sur terre nud giſant de qui Atropos palle
Auoit conduict l’eſprit au lieu ou il deualle,
Droit au ſtigieux port, que Seine retourna,
Pluſieurs foys pour ſcauoir ſi ce corps mort qui
     n’a
Vn linge a le couurir, il poura recognoiſtre,
A la fin ſon parler il a faict ainſi naiſtre
Eſt ce pas de Gaſpart Coligny ce corps cy,
Qui fut doux & clement à France, le voycy
Il n’ê faut point doubter c’eſt ce luy là ſans faute
Qui du ioug ennuyeux toute chreſtienne oſte:
Par ſa fatalle mort. Ce commun ennemy
De tous les bôs chreſtiens dont la France a gemy
En l’ayant enfanté d’vne ſemblable ſorte,

Plus cruel qu'vn dragon, qu'vne vipere torte,
Et plus cruel encor qu'vn Tigre,& plus rufé
Qu'vn finge Libien,tu as trop abufé
Des familiaritez que france t'a portée,
Et des roys tes feigneurs,defquelz as emportée
La richeffe qu'auoys,& le trop grand honneur,
Qui te fait gefir là comblé de ton malheur.
Ha peruers ! ha felon ! que d'eglifes volées
Que d'enfans orphelins,de filles violées.
Femmes veufues fans biens,ont par toy feul efté
Tu n'es puny ainfi qu'auois bien merité,
Tu auoys deferuy vne mort plus cruelle
Que celle qu'as receu. Mais vne aultre eternelle,
Pire que celuy la qui à du grand vautour
Le foye defchyré,& celuy qui au tour
De la roue de fer inceffamment lamente,
Te recompenfera d'vne fi longue attente.
Ie te deffens cruel,mes eaues ie te deffens.
Tu n'y ferras iecté,& quand bien les enfans
Oferoyent t'y lancer,pour te feruir de biere,
Ie te repousferay de ma puiffance fiere.
En difant ces propos,Seine aduifa venir,
La terre qui fe veult auecques luy vnir
Pour regarder ce corps auffi y eft venue,
La feur de iupiter & Royne de la nue,
Qui à pour ceft effect fes paons fait atteller
A fon char yuoirin,pour la conduire en l'aer,
Qui defcenduë en bas ainfi feift fa harengue:
O corps vil & infaict!O trop bauarde langue!
Qui auez fait mourir d'hommes vn million,

Soubz vn vmbre fardé d'vne religion
Qui couuroit ton venin pour oster la coronne
qui de charles ton Roy le beau chef enuironne,
Te suffisoit il point auoir fait plus de mal
Qu'vn lion enragé, ou quelque aultre animal
D'hommes deuorateur, sans tramer d'auantage
Vne guerre nouuelle, & vn piteux naufrage
Pour la france engloutir, le Roy, & les seigneurs
qui sortent de son sang, les Iniques malheurs
Que tu auoys ia fait n'auoyent point assouuie
Ton ame, sans du Roy vouloir auoir la vie
Ha meschant!ha meurdrier!de femme n'es issu,
Quelque louue enragée, en ses flancz t'a conceu
Ennemy de la paix, furieux, fratricide ,
De moictié des françoys le cruel homicide,
Tes freres enfiellez, de ton aspre venin
Tu as fait prendre guerre à leur prince benin,
Aussi pour t'auoir creu, ilz ont porté la peine,
Ils ont cogneu que c'est que d'auoir, eu en haine
Leur bon prince & leur Roy, aussi le nõ chrestien
Qui les Royaulmes tient en vn amoureux lien
Ie te d'effens mon aër & ta teste meurdriere
Ne sera entourée en françoyse lumiere.
La terre tout soudain commença son parler
Puis que Seine, & Iunon Royne & dame de l'aer
font deffece à ce corps de n'ētrer en leur regne,
Ie te deffens aussi(O corps ou vice Regne)
De te trouuer sur moy, & si ainsi ne faictz
Tu sentiras de moy les merueilleux effectz,
De moy las!que tu as si long temps affolée

Ayant d'vn fier soldart mon espaulle foulée,
qui degastoit le bien qu'aportois pour nourrir
Mes legitimes filz, tellement qu'apouurir
Maint riche laboureur on à veu en vne heure
Qui ta rage euitant, delaissoit sa demeure
Estant fuitif és boys, ou il mouroit de fain
Ce pendant que ses biens tu gastois en ton sein.
Tu m'as tant fait de mal, que ie ne peuz pas dire
Qu'auant toy & apres se puisse trouuer pire,
Que dis-ie pire helas! tu n'auras ton pareil
En vice & cruaulté, plusieurs foys en vermeil
Du sang de mes enfans, tu m'as la face peinte
Tesmoin en sera Dreux où viz la vie estainte
A plusieurs de mes filz gesans aupres de moy
Despouilez de l'esprit, les aultres en esmoy
De s'enfuir tous blessez euitant la furie
De mes aultres enfans qui leurs ostoyent la vie:
Tesmoin en est aussi Coignac, & Moncontour.
Sainct Denis, & Poictiers, Angely ou autour
Fut blessé à la mort ce seigneur debonnaire.
qui de marrigue eust nom, des aultres lexeplaire
Bref par toy & les tiens i'ay plus de mal receu
Que d'aultres qu'auant toy aye en mes flacs côceu
De rechef te deffens sur moy ta place prendre
en grãd dispute estoiët ses trois ou deuoit pêdre
Ce corps si malheureux à la fin resolu
Fust par eux que les mains dont il auoit polu
Tant de temples sacrez & qu'auoit preparées
A faire tant de mal luy seroyent separées
Des braz: & que le chef qui auoit tant trompé

D'hommes par son venin seroit aussi coupé,
Et pour plaire à Iunon iecté hors de la france
Ce pendant que son corps à montfaulcon se láce
Par les deux piedz pendu. Ses paroles en vain
N'ont esté rependuz, ains les enfans soudain
A complissant le veu fatal de destinée
Ont la charongne morte à montfaulcon trainée
Ou il est estendu sans teste, ny sans mains,
Ne sans ceux là aussi qui refont les humains:
Ainsi ce Coligny par diuine iustice
De la sorte est traicté pour son grand malefice!
Entre les aultres mortz encore ilz ont trouué
De la Rochefoucault & de Pille esprouué
D'vn coup d'harquebusade au dessus la mamelle,
Perdillan, Theligny qui auoit pres l'esselle
D'vn coustelas tranchant vn coup bien assené,
De Raynel, & Soubise est apres estrainé
D'vn coup d'vne gràd pique à la pointe emoulue,
Et d'aultres à monçeaux dont la face polue
Et gastée de sang fait ignorer le nom
Cóbien que plusieurs foys l'ayt fait bruire renó
Dont en remerciant par les nimphes Senoises
Les haultes deitez, ont fait taire les noises
Qui se sourdoient desia és gens parisiens
Pour le desir de véoir: puis defaisant les liens
Tenás leurs beaux cheueux, en treffesles ordónet
En y meslás des fleurs qui bónes graces donnent
A leur face negine, & en s'entreprenans
Par leurs vermeilles mains se font vn rond tenás
Chantans vne chanson mielleuse & esclatante
Dont le suicct ensuit d'vne voix tremblotante

Puisque des dieux la diuine cohorte,
A ruyné par puissance tresforte
Les ennemis des cieulx,
Nous debuons tous en chanter la louange
A leur honneur, du desastre qui range
Le cueur seditieux.

Ilz s'asseuroyent a leurs fortes menées,
Et au troupeau de leurs gens animées,
Mais ilz sont bien deceuz
Car les haultz dieux sont descenduz en terre
Pour leur liurer plus grande & dure guerre
Qu'onques n'auoient receuz.

Telle à esté la troupe gigantine
Quand au hault ciel se fache & se mutine
Pour le cuider voler
Comme eulx ilz sont destruictz & mis en pouldre,
Par le moyen de la coulante fouldre
Qu'on deslache par l'aer

De Coligny à le visage palle,
Se souuenant de l'honneur admirable
Qu'il n'auoit merité,
Dont de despit les infernalles umbres
Pour le fascher, luy dressent des encombres
Le voyant irrité

Sa vie estoit bien meschante & cruelle
Qui delachoit sa puissance bourelle

Dessus le nom chrestien
Qui maintenant le tient en telle serre,
Que son cousteau mesme sur luy desserre
Pour ne se rendre sien

Rochefouquault de Soubise & de Pille
De Theligni, Raynel & encore mille
Le sont accompagnant
Et mille encor de ce peuple rebelle
Qui ont passé a la barque mortelle
Que le noir est taignant

Dieux souverains leur gloire auez punye
En france auez par vn miracle vnye
Nostre religion
Religion Catholique & romaine
Qui tout chrestien par vn bon zelle meine
A sa saluation.

La terre aussi qui estoit courousée
Contre le ciel qui l'auoit offensée
Auoit cest hidre infaict
Pour le greuer iecté hors de son ventre
Le nourissant en vn effroiable antre
Pour l'induire a ce faict

Mais eschapant par sa falace & ruse
En moins de rien plusieurs gens il abuse
Dont tard el' se repent,
Aussi qu'il à veu la claire lumiere
Pour le meurdrir faisoit aux Dieux priere
Dont son secours depent.

C'est maintenãt qu'elle n'en à que faire
Les dieux ont eu pitié de son affaire
Et ont ouy sa voix
En gemissant de tester sa fortune
Et l'heure aussi pour luy trop importune
Qu'il se print à ses Roys.

Heureux, heureux, le royaume de france
Pour veoir tous ceulx qui luy faisoient offence
A terre mors gesir
Tous detranchez dessus la pierre dure
Ou il souloyent estre soubz couuerture
Et comblez de plaisir

Fort admirable est iustice diuine
Qui des peruers le chef met en ruine
Aiant tant souffert d'eux
En attendant quilz se pourroyent remetre
Et soubz la loy du peuple chrestien estre
Fuyant cest hidre hideux

DÉsia phebus auoyt de sa perruque blonde
Enuironné le chef de la machine ronde:
Lors que les nimphes sœurs cesserent le chanter.
Mais les dieux pour cela, ne laissent le d'esclater
Le reste des mutins notez de l'entreprise
Qu'auoit contre le Roy ce de Coligny prise,
Par trois iours & trois nuictz la brigade des dieux
Ne bougea de paris sans retourner aux cieux,
Par l'eaue & par le fer faisant voguer mainte ame,
Sur le riuage obscur plain de puante flame:
N'espargnãt grãds seigneurs conseillers, presidãs

N'aduiſant ſ'il eſtoyent ieunes ou chargez d'ans
Non plus qu'au plus petis & pauures de la terre
Contre femmes auſſi leur fureur ſe deſſerre
Bref en ces trois iours là, Paris eſtoit remply
Et repaué de mortz. Et apres qu'acomply
Fuſt le veu du deſtin, les Dieux la france laiſſent
S'enuolans dans le ciel, ou de nectar repaiſſent:
Ce pendant que Paris eſt encore empeſché,
Pour punir le troupeau de ce mal entaché.

F I N.

Sonet à la louenge de l'œuure par Cl. Guignart Par.

*L*Es Doctes gens qui ont d'vn zelle viſité
L'excellente façon d'vne Hiſtoire iaulnie,
Qui ſeroit d'vn pinçeau doré ſi bien polie,
Enſemble le grand loz qui y eſt recité:
   Ne pouroyent (feuilletant) veoir vn ſi beau traicté
Qui d'immortalité tous leurs eſcriptz munie,
Que ce bel œuure icy. Car elle eſt enrichie.
Des dieux & conſacrée à l'immortalité
   La parole d'eux meſmes expreſſe y eſt couchée
Qui la peut mieux farder encor qu'elle fut touchée
De ce poëte Royal qui pourroit la parer.
   De ma part denant tous de ma voix ie profere
Que de mon aduis mieux qu'il eſt lon ne peut faire
Si les dieux ne vouloyent eux meſmes la dorer.

9 782016 139462